出生在疆域辽阔的国度
多么幸运，如果
还有一册写在边关的青春

望月 摄影／罗定来

边关的夜，还有什么比月亮更让人依恋呢
戍边人都知道，如果没有月亮
边关不是无限寂寥，而是夜晚和群山
失去了安放之地，无处流浪

偏僻的哨所 摄影／贾明祖

没有电话，没有手机，没有网络
微信的发明还在二十多年以后
面对蜡烛、油灯和信纸
我和墨迹未干的古老边塞诗执手相看

大雪之夜 摄影／盖旭辉

大雪之夜是戍边人的还乡路
一座记忆的山冈连着另一座
失忆的山冈，刚刚是春风十里
一转眼就是四顾苍茫

冷月 摄影 / 穆可双

对于戍守而言
并不仅是边界和领土
界碑和那些立身为碑的人
早于自己来到这里

雪域 摄影 / 王述东

从地图上的有名之地
走向地图上的无名之地，尽头在哪里？
唯有敢把自己称为边关的山川
才有资格标注海拔的高和天边的远

黄昏 摄影 / 王昊

黄昏，在异乡人的烟波江上
在戍边人的边疆界河上
像永远不醒的梦那么美，像永远未知的
明天，那么充满希望和绝望

吼山驱走寂寞 摄影／岱天荣

不是每座山峰都有资格与世隔绝
高到无与伦比，远到惊心动魄
路在抵近之前吓得驻足不前
苍鹰只敢飞到它的肩膀上俯瞰悬崖

清点关山　摄影 / 王子冰

咱们都是和山神交换过信物的人
一次又一次饮尽春醪夏醅秋醇冬酿
在大雪之夜清点关山无尽的灯盏和黑暗
在一次往返的尽头埋下一世的轮回

哨所 摄影／刘有飞

是的，我就是在这里戍守边陲的人
西绪弗斯一般上山下山的人
我来自外省，我的使命到此为止
我日夜守望，云舒云卷，鸿雁来往

情话 摄影／袁学军

这是最适宜聆听的山河
神圣，悲悯
像空旷殿宇里的一炷香
绕过无数廊柱，从飞檐上飞走

巡逻 摄影／穆可双

我们必须赶在下一场大雪到来之前
走完这些没有路的路，走遍防区每个角落
临行前，我们会向前辈战友的衣冠冢道别
请他们年轻的英灵保佑我们活着回来

变迁 摄影／张坤平

每一天的到来都千差万别。每一天的
离去，却如出一辙。隐于其中的
秘密，就是把苦酒酿成甘醪，把所有过往
埋入大地，养活着每个生命和他的因果

中国好诗

第六季

山河边关记

丁戎耕 著

天津出版传媒集团
百花文艺出版社

丁戎耕，1972 年 5 月出生，鲁北古城人。1990 年 3 月入伍，曾在驻云南滇西北边防某部、驻新疆南疆某部带兵戍边守防。1996 年进入军事传媒领域，历任《解放军报》记者、编辑、部门主任，解放军画报社社长，解放军新闻传播中心网络部首任主任，中国军网、国防部网、强军网等军事网络传媒新矩阵首任总编辑。著有《大国兵心》等非虚构类专著三部。

二十世纪八十年代开始诗歌写作，作品散见于《人民文学》《诗刊》《解放军文艺》《星星诗刊》等刊。

精神测绘：从“遥远”到“永远”

——丁戎耕的独龙江“记诗”

◎ 霍俊明

那不只是地图上的某地，而且是神界，规定如此，充满隐秘意味。

——卡尔·古斯塔夫·荣格

丁戎耕的二十四行体诗集《山河边关记》最强烈地印证了诗歌的“记忆”功能以及一个诗人在独龙江哨卡、边关独特的生命体验和精神履历。丁戎耕的每一首诗都突出了“记”，所以其诗可以视之为“记诗”或“诗记”，带有描摹、记录、记忆和精神再造的功能。而从整体写作意识来说，“记”在丁戎耕这里则携带了显豁的文体意识和精神刻度。

丁戎耕的“诗记”“记诗”基本都是围绕着云南滇西北独龙江边关哨卡的空间展开的，是精神视野的一次次聚拢，也是一次次扩散。这让我想到1954年时年27岁的公刘在云南阿佤山西盟所创作的《西盟的早晨》——

我推开窗子，／一朵云飞进来——／带着深谷底层的寒气，／带着难以捉摸的旭日的光彩。／在哨兵的枪刺上，／凝结着昨夜的白霜，／军号以激昂的高音，／指挥着群山每天最初的合唱……／早安，边疆！／早安，西盟！

如果回到一个写作者的起点，回到1994年和22岁的这位来自鲁北的青年战士身上，我们就找到了一个人的诗歌策源地和深层记忆的动因，“一九九四年九月二十三日清晨／隐居滇西北的贡山县城，还在晨雾中／闭着眼睛。我四下望了望／坚信这是一次能够凯旋的出征／／出征的人惦记回来，惦记／能不能回来。领着四十九匹骡马的／马帮的马锅头说,对／我每次上路,也惦记这件事”(《出征记》）。

通过丁戎耕这本诗集的自序《我的遥远的独龙江》和跋《我的永远的独龙江》，我们可以清晰看到独龙江的时空结构经历了从“遥远”到“永远”的心理距离和精神历程。滇西北最西北角的独龙江对于丁戎耕来说曾经是遥远和陌生的，甚至是带有恐惧和焦虑的，但是经过时间的淬炼，丁戎耕将“遥远”转化为切近和“永远”，青春、生命、体验、想象、孤独都与大山、河流、大雨、大雪、热带雨林、边塞、哨卡通过诗歌方式熔铸在一起，把一个个细节、场景、片段转化为凝恒的精神刻度。

围绕着滇西北和独龙江，丁戎耕以诗人和军人兼容的身份，通过个体独特的经历、精神景深、地方景观、区域族群展现了特异而深彻的精神策源地。这些略显“遥远”的诗作以及无路可通的山谷、森林、雨季、泥石流、大雪封山的自然环境以及山坡上战士的墓地却给加速度的后工业时代的读者带来了不无震惊的阅读体验，确切地说是生命体验。

独龙江在丁戎耕这里不再只是旅游手册的地理坐标和地图上的点线、物理空间——“地图上的地理 / 和戍边人眼里的地理 / 几乎判若天壤”（《地理记》），而是具体的大山、河流、峭壁、峡谷以及缓慢行进其上的人，是一个个具体不虚的真实时刻和惊心时刻，“那是由悬崖、峭壁上的落脚点和悬崖、峭壁间的粗树藤连接起来的路；那是地图上寻不见，走起来却千回百转、咫尺天堑的征途”（《我的遥远的独龙江》）、“卫星绘制的地图并不可靠。因为 / 边关的山川每天不同，草木因季而异 / 这条人踩出的路和那条狍子麂子踩出的 / 路之间，会被一夜风雨搅得含混不清”（《巡逻记》）。这是认知测绘图和精神档案。这里的每一个地点和空间都不再是平面化的地图标记，而是对应了严峻时刻的精神记忆和见证者的呼吸。丁戎耕把“地图”、地志图、边防线、海拔以及坐标转化为“精神底片”，有血肉、肌理、热气、骨骼、经络、脉搏以及心跳。这些地图不只是一个个点和一条细线，而是实体和记忆结合的产物，是想象的共同体。地图对应的不再是平面的抽象的地理和空间，而是具象化的甚至生命化的对应，“索尔格很快便将拍摄忘在了一边，而让他把河流看成一张脸的轮廓的是那种切身的感激，甚或是惊叹，一种现在才能感受到的对近几个月爱的工作区域的惊叹。那一个个马蹄湖，一个个泉源洞穴，一个个槽谷，一个个熔岩滩或冰川源头出来的冰河乳浆：在这里，在‘他自己的’地区上空，他懂得了这些如此流行的形态名称。”（彼得·汉德克《缓慢的归乡》）丁戎耕完成的是真正意义上的事物再现、精神还原的过程，这是精准的精神定位，地图是有生命有灵魂的。独龙江在丁戎耕这里成为具有情感容量、精神载力和思想能力的精神空间和共时体结构，它们经过了亲历者的测量——“用望远镜和放大镜，用强光手电和马灯，用朝圣的心和行军的脚步”，但是对于诗人来说只有感受和经验还远远不够。尤其对于当代军旅诗和边塞诗来说，诗人还必须避免写作的流俗和惯性，需要崭新的眼光，需要写作方法论的更新，需要取景框的独特角度，需要综合视域的发现、提升以及再造一个独特的词语和想象世界。显然，丁戎耕注意到了这一写作难度。对于诗人们来说，“十四行诗”已经成为诗歌史知识和写作常识，但是丁戎耕却开拓出了“二十四行诗”的独特领域。整本诗集由五十九首二十四行诗构成，每一首诗都由六个小节、每节四行构成。写作的整体性和文体意识已然非常明确。当然二十四行的结构今后也可以考虑适度调整，比如不一定都每首诗都是六个小节、每节四行，可以增多或减少以及重组，这样诗歌的张力和繁复度就会增强。

尤为可贵的是，丁戎耕对可见和不可见的独龙江空间同时进行了揭示，这是对生命、存在的长久凝视和深度观照的结果。独龙江曾经是无比封闭的空间——中国最后通公路的乡之一，生活环境恶劣，大雪封山带来的阻塞、寒冷、静寂、饥饿和孤独是一个又一个挑战。对于这一挑战，当年23岁的丁戎耕和其他战士一样也经历了从不会吸烟到夜夜吸烟（比如《烟草记》），但是他还更为幸运地找到了阅读和诗歌。他第一次进山守边时带上了《中国哲学史》《西方哲学史》《东西方文论选》以及里尔克诗集、博尔赫斯小说选以及沈从文和汪曾祺的书，这是他青年时代的精神行囊，也是另一种对应挑战的绝好方式。他通过诗歌的方式面对边地并进而突破了边地，开拓出了自己的想象空间和精神视域，“我知道我必须留下与世界暗通的 / 最后一根脐带”。

这位当年的年轻人也更早地领受了面对自我、时间以及命运的严峻而清冷的时刻——

> 大雪之夜点灯听雪，能听见
> 大山的温暖和火盆的寒冷，能听见
> 满山的大树同时转动年轮，从这一个
> 刻度，转向下一个更深的隐秘之处
>
> ——《大雪记》

一个诗人写作的动因往往来自于时间本身的触动和叩访，时间的刻度、秘密就有了命运性的关联和精神底色。万物静默如谜，“万物沉默，一切如同回到太初 / 风不动，云不动，山顶积雪如同神的雕塑 / 当时间的灵魂路过我们这里 / 一定会屏气敛息，从最远的山梁绕道而行 // 太安静了，我能听到万物隐秘的交谈”（《马帮记》）。一个年轻人真正地站在了时间面前，这是自我和时间的对视，也是自我和自我的争辩，“我们，我是说我们独龙江 / 我们用的时间刻度 / 和独龙江以外 / 是不是一个刻度呢？”（《时间记》）这是安静的时刻，孤独的时刻，寂寞的时刻，冷绝的时刻，倾听万物回旋和隐秘的时刻，也是诗人觉醒和诗歌诞生的时刻。一个鲁北青年来到遥远陌生的滇西北，方言、陌生人、外地人、故乡和异乡等这些词语曾一度在丁戎耕的诗歌中驻足和弥散，“世上的事总是如此简单而复

杂 / 每句话都有言下之意，每句方言都有 / 外乡人体会不到的言中之意，每次对话 / 都有希望或不希望对方听出的言外之意”（《方言记》），“无数陌生的诡异词语 / 闪电般切入你身体的裂痕 / 深藏着迷失在虚妄里的黑暗 / 掩饰着黑暗中火焰燃烧的疼痛”（《远塞记》）。这是令人不安、充满疑惑和重新定位、自我辨认的时刻，也是一次次打量身外之物和追问精神渊薮的自审时刻，“一个人活着，究竟与这个世界 / 与这个世界上的亲人故人和非亲非故的人 / 与这个世界上的自己和另一个世界的自己 / 是什么关系呢？一个戍边人呢？”（《相思记》）诗歌最难完成的探问就是诗人面对自身的现实处境和精神情势，“真正接近自己，需要真正与世隔绝”。是的，一个人找到自我或怀疑自我也就更容易找到诗歌，自我和自我争辩产生的正是诗，一个人和诗神互换了信物。

由丁戎耕笔下的“雪山”“雨衣”“腌菜缸”以及“候鸟”“兰花草”我们想到的是海德格尔对梵高“农鞋”的深度凝视和精神还原，“这件雨衣是哪个老兵留下的呢？ / 年代久远，军工厂留下的 / 印记，只剩下模糊的菱形轮廓 / 当年写下的名字只剩一个远远的背影”（《雨衣记》）。它们既是物体自身又是精神的还原，是彼时的生命体物证和再现。这是存在意识之下时间和记忆对物的凝视，这是精神能动的时刻，是生命和终极之物在器具上的呈现、还原和复活，“从鞋具磨损的内部那黑洞洞的敞口中，凝聚着劳动步履的艰辛。这硬邦邦、沉甸甸的破旧农鞋里，聚积着那寒风陡峭中迈动在一望无际的永远单调的田垄上的步履的坚韧和滞缓。”这是凝恒之物、死亡之物对人的存在的终极考验和叩访，是长久与短暂、已知与未知的时时盘诘和龃龉，时间、轮回、因果、生死、回忆、归宿和未知都深不可分地搅拌在一起。

丁戎耕围绕着独龙江的精神测绘完成了从“遥远”到“永远”的生命淬炼和深刻记忆的过程。我们也得以确认，由此产生的诗人则可以完成立字为据、立身为碑、立诗为传。

2020年12月31日完稿

自序：我的遥远的独龙江

◎ 丁戎耕

1.

滇西北，横断山脉巍峨绵延，从东向西，雄峙三座雪山：碧罗雪山、高黎贡雪山、担当力卡雪山。

滇西北，横断山脉蜿蜒跌宕，从东向西，纵贯四条大江：金沙江、澜沧江、怒江、独龙江。

用大比例尺军用地图、用望远镜和放大镜、用强光手电和马灯、用朝圣的心和行军的脚步，探访滇西北，匍匐横断山脉，从东向西，翻越三座雪山，横渡三条大江，而后落下目光落下脚，便到了——独龙江。

2.

独龙江是一条江，源于西藏，经云南流入南亚；

独龙江是一个乡，全称是云南省怒江傈僳族自治州贡山独龙族怒族自治县独龙江乡；

独龙江是一片净土，封存着大自然的原始状态，繁衍生息着土著部落的悠久文明；

独龙江是一个哨卡，那是我军驻守中缅边境滇西北段最西北角的边防前哨；

独龙江是一块无字的碑、一座青春的家，维系着一代代戍边于此的官兵的心魂……

3.

那是临近中国和缅甸边界，也是我国云南和西藏交界处的一个小小山坳，坳底就是水流湍急、冰寒彻骨的独龙江，耸峙两岸的便是高黎贡雪山和担当力卡雪山。在这片狭长的边境地带，有高山密林深处的中国界碑，有幽远绵长的出入境通道，有散居山林的独龙族群众，还有二十三名官兵。

由于不通公路，从山外的贡山县城出发，沿着悬在山腰上的茶马古道的一段人马驿道，走上两天一夜才能走进独龙江。而且，这样的行程也要选择在夏末秋初——因为每年六月到九月的雨季，会把人马驿道变成泥石流和塌方的教科书级的博物馆；因为每年十月到第二年五月，大雪又会把人马驿道深深掩埋。

4.

九月二十二日的夜，驻扎在贡山县城边的营房灯火通明。这是个难眠之夜，有人收拾行装，有人在打绑腿，有人久久凝望营门外的大山，有人在写进山前的最后一封信……第二天黎明，这里要有二十三名官兵出门远行，踏上走进独龙江的征程。

九月二十三日的早晨，曦光未露，征人未眠，全副武装的二十三名官兵步出营门，十几条怒族傈僳族独龙族汉子赶着数十匹骡马的马帮，驮着官兵一年的给养，正等在营门外……

出发。

过县城，进大山，缘峭壁，穿峡谷，向西北……

戍边人的脚步惊醒沉睡的群山。马帮的銮铃在山谷里声声如诉，飘向远方。

走啊，走啊，走到朝阳出世，走到日头当空，走到黄昏落霞，走到月明千里，走到夜笼四野，走到这一路上最高的山垭口——班朝房，已经是二十四日凌晨。

垭口高万丈，手可摘星辰。埋锅造饭炊烟起，山争睹，水惊问，这是何方过路神……

当晨曦再现，再出发。

当第二次夜幕降临，终于走到了——独龙江哨卡。

5.

这是每年九月二十四日的夜。

山外走来的二十三名战友，与山中坚守了一整年的二十三名战友，会师、交接、换防。

似乎有讲不完的话，又似乎万语千言欲说无从说，沉默对山河。

月亮，照着边关，照着一夜相聚、清晨即别的戍边人。

雪山，记得住轮回；江水，流不尽苦恋。

九月二十五日清晨。二十三名官兵启程告别独龙江哨卡。二十三名官兵目送，留下……

6.

走进独龙江，仿佛一下子与世隔绝：这里没有电，更没电话电视，广播也收不到，也没有报纸和信件。

二十三名官兵脸对脸，一整年。

山外人间繁华过，山中岁月寂寞长。

大雪封山之前，雪线以下的灌木丛，一夜之间会被秋风染成一条金项链。官兵们得把这条金项链搬回哨卡，那是灶膛一年的口粮。砍柴，是秋天的哨卡最重要的事。

大雪封山之后，执勤、训练之余，怎样让这二十三条血气方刚的汉子走过漫漫寒冬，是冬天的哨卡最要紧的事。营房后的山坡上，有前辈战友的坟茔和衣冠冢。那是刚刚建成这个哨卡的年代，年轻的士兵，或死于一场在山外绝不致命的疾病，或在巡逻路上跌入江水随波远去……想不通的时候，到坟前坐坐，就什么都想通了。

大雪融化之后，官兵们走向武装巡逻、踏勘边界、巡查界碑的漫漫边关路。那是由悬崖、峭壁上的落脚点和悬崖、峭壁间的粗树藤连接起来的路；那是地图上寻不见，走起来却千回百转、咫尺天堑的征途；那是一去十天半个月方能归来的任务。路的起始是营盘，路的中点是界碑，路的终点是回到营盘……这是夏秋间的哨卡最苦却也最快乐的事。

当巡逻归来，当查界归来，离出山的日子就不远了……山外，另外二十三名官兵离进山的日子也不远了……

年复一年。铁打的营盘铁打的兵。

有人说，当兵当到云南多美啊！可人们不知道，独龙江离春城，离西双版纳多远啊……

7.

一九九四年始，我是戍边独龙江的一名排长。

整整二十年后，二〇一四年四月十日，从山外穿越高黎贡雪山通达独龙江的隧道打通。很快，公路，伸进了独龙江。独龙江的山川、独龙江的草木、独龙江的飞禽走兽、独龙江的四季晨昏，第一次目睹了山外走来的文明。銮铃换作汽笛声，山争睹，水惊问，这是何方过路神……

此前，习主席作出重要批示，祝贺隧道即将贯通，祝福这里的乡亲早日脱贫致富。

这是中国最后通公路的乡之一。

这一刻，我早已远离独龙江，已经用十几年的时光刻了一枚“边关归来一老兵”的闲章，钤在我读过的书上，钤在我写的字边上……

那一夜，我在北京的家中，面朝西南，焚香遥拜，铁马冰河，掬泪满怀……

我要说的是——

滇西北最西北的山谷里，奔流着我的遥远的独龙江；

滇西北最西北的雪山上，矗立着我的遥远的青春家。

2020 年 3 月 9 日　北京

目录

第一辑　作为祖国可以以命相托的一个前哨

第三辑　夜深千帐灯火，我那一盏，名叫独龙江

摄影／赵海波

然而不是每座山的峯都有與夕陽絶的浪漫

為此無從作比，遠到驚心動魄

只在抵近之前 作回駐足之前

蒼茫之殘延到它的肩膀上 給眼睛是卷

要不是每個時刻都能亮出榮光

作為沉默的要塞 作為隱蔽的屏障

作為太陽的門檻 作為月亮的城牆

作為祖國可以以命相托的一個前哨

第一辑

作为祖国可以以命相托的一个前哨

001

053

哨卡记

我喜欢站在兵要地志图前
久久凝视祖国山河
一寸山长，千寻温暖
一寸水远，万丈眷恋

我喜欢沿着边防线勾勒这火炬版图
左手一掌天山昆仑的大风雪
右手一把黄河长江入海的涛声
一挥手，满袖南海岛礁的朝云晚霞

我喜欢把目光和手掌
停泊在滇西北最西北的雪山上
那里有一个名叫独龙江的哨卡
积雪深处依然能探到我青春的体温

那里的山路是我的动脉，江水是静脉
七座界碑都是戍边人的雕像

这地图上的弹丸之地
是我们怦然跳动的心脏

今夜，我沿着高黎贡雪山深处的
茶马古道，再回独龙江
我和昔日战友都已雪染双鬓
哨卡却依旧是当年的模样

山川匍匐，这里的山脊叫边界
这里的大地叫领土。我多么不想
从这个梦里醒来，因为在梦里
我还是那个二十三岁的边防排长

边界记

翻过碧罗雪山，是高黎贡雪山
翻过高黎贡雪山，是担当力卡雪山
雪山顶，就是天边边。不要北望
北望是红军当年踏破的夹金雪山梦笔雪山

跨过澜沧江，是怒江
跨过怒江，是独龙江
江水边，就是边境线。不要回头
回头是红军当年横渡的大渡河金沙江

这是我的西南边陲地理
这是我和战友们共同的心灵史
用鲜血和生命解放当年苦难无边的江山
用沉默和坚忍，守卫这母亲的国度

是游子，请来边界遥望故乡
是戎衣人，请来边界凝望祖国

这个离北京最远的角落离祖国最近
这是版图的边缘，却是戍边人的大地中心

当我们一笔一画写下“祖国”这两个汉字
横画是起伏的山峦，竖画是江水纵横
当我们踏进“边界”这个词语
才发现，“祖国”这个庞大概念如此具体

和这里的群山成为战友多么幸运
和这里的江水成为亲人，多么幸福
多年以后无论我们散落在哪里
都会沿着归去来兮的路千里万里回到这里

出征记

一九九四年九月二十三日清晨
隐居滇西北的贡山县城，还在晨雾中
闭着眼睛。我四下望了望
坚信这是一次能够凯旋的出征

出征的人惦记回来，惦记
能不能回来。领着四十九匹骡马的
马帮的马锅头说，对
我每次上路，也惦记这件事

家里还有老娘、老婆
还有没出嫁的姑娘
还有山坡石缝里刚种下的四百棵苞谷
你惦记什么？当兵的

我惦记什么？我惦记的多了
你哪里知道？我惦记我的前程

惦记我的命运，惦记我的祖国
当然，我也惦记我能不能平安回来

这是边关的黎明，一群戍边人
要去封山哨所。我是一个排长
正组织出征。一个独龙族向导
正若无其事地抽着水烟筒

高黎贡山有多高？独龙江哨卡有多远？
两天一夜后的日暮时分，山外的
二十三个兵和山里坚守一年的
二十三个兵，为了再次久别而短暂重逢

行囊记

我准备往行囊里，装太多太沉的
书。选了又选，减了又减
司务长还是嫌多
马锅头还是心疼他的骡子

最后几本怎么也舍不得扔在山外
我全部打进自己的背囊
不麻烦被给养物资压弯脊背的马帮
营长说，走不到半路，你会恨不得全丢光

三联书店版《中国哲学史》和《西方哲学史》
北大教材版《东西方文论选》
里尔克的诗集，博尔赫斯的小说选
沈从文先生和汪曾祺先生的文集

这个书目，与一个戍边排长的职守
相去甚远。可他们若不在身边，孤单时

怎么办呢？我得背着他们上路
就像背着另一个自己

我知道我将与世隔绝
我知道我必须留下与世界暗通的
最后一根脐带。我和战友们一起翻越
高黎贡雪山，我们将抵达陌生的边界

山里的大雪是明亮的，比蜡灯
还要明亮。戍边的夜晚是清澈的
比积雪还要清澈。我将在雪山中完成
另一种阅读：不是万卷书，而是万里路

封山记

储存粮食和脱水菜，储存烟草和酒
砍伐木柴，砍伐与维持生存无关的一切
送走换防的战友，送走冬至的家书
此时，大雪如期而至，寂静如期而至

时间并没有静止，但仿佛失去了界限
昨天在此时结束，明天将从此处重新开始
昨天和明天隔着一座山
隔着一群士兵的一道集体年轮

在告别与回归之间，在已知与未知之外
讲述一个新鲜故事，然后重复一千遍
在冬天观察哪一朵冰凌花开得最美
当冬天过去，看哪场雪崩最先打开春天

谁是最初勘定这个海拔和坐标的人？
青春延续青春，脚印覆盖脚印

在同一个视界遥望远山
在同一个时刻用石头堆砌记忆

然而不是每座山峰都有资格与世隔绝
高到无与伦比，远到惊心动魄
路在抵近之前吓得驻足不前
苍鹰只敢飞到它的肩膀上俯瞰悬崖

更不是每个哨所都能享此荣光
作为沉默的要塞，作为隐蔽的屏障
作为太阳的战壕，作为月亮的碉堡
作为祖国可以以命相托的一个前哨

大雪记

大雪之夜点灯听雪
能听见天地万物的寂寞，能听见
这一片雪花追着另一片，一直追到
山里的某个角落，心里的某个角落

大雪之夜点灯听雪，能听见
大山的温暖和火盆的寒冷，能听见
满山的大树同时转动年轮，从这一个
刻度，转向下一个更深的隐秘之处

大雪之夜点灯听雪，能听见
孤独是一个无处不在的影子
与烛光的明暗逆向而行
在蜡炬成灰的那一刻，回到自己的宿命

大雪之夜是戍边人的还乡路
一座记忆的山冈连着另一座

失忆的山冈，刚刚是春风十里
一转眼就是四顾苍茫

仿佛日夜兼程跋涉了很远的路
却并不知道要奔赴一个什么地方
仿佛来到了一个前世来过的地方
却打不开离去时锁上的门窗

数不清有多少这样的大雪之夜
戍边人沉默不语。唯一能出山的垭口
已被大雪覆盖，唯有独龙江
带着它自己的欢乐和忧伤，流向远方

青菜记

如果不是第一场雪突然降临
不是原本远在山顶的雪线
突然降至江边的石崖，我还没有这么懊悔
懊悔还没来得及收拾最后一茬大苦菜

如果不收拾好最后一茬大苦菜
不把营房后的腌菜缸填满
漫长封山季的伙食，就会寡淡许多
就会熬不到春天回来，田野返青

白雪覆盖绿油油的菜叶
这必将是一顿奢侈的晚餐
整个冬天会在今天的炊烟中放下奢望
最后一碗青菜会在大雪中欣然绽放

田埂上留着秋天的脚印
这片菜地终于结束了取之不尽的宝藏

我们的食谱更抵近生活的节气
冬至以后，青菜冬眠

每一个边关哨卡，都是
一条补给线的尽头。每一场风雪
都是迟滞时间的驿站。每一次从梦中醒来
都好像听到了马帮的銮铃叮当

穷尽一生也忘不了哨卡的炊烟了
苦楝树枝燃烧的异香
腌苦菜打开的乡愁的芬芳
弥散在茶马古道，阻隔在一夜白头的山冈

书信记

没有电话，没有手机，没有网络
微信的发明还在二十多年以后
面对蜡烛、油灯和信纸
我和墨迹未干的古老边塞诗执手相看

独龙江外，灯火通明
独龙江里，月似钩，灯如豆
这是电线电缆尚未翻越的深山
这是一道雪岭隔离工业文明的夜晚

我们的诗意近在眼前
我们的远方在各自的故乡
想给远方的谁写封信呢
真的没有邮递员来传情

进山前的最后一封信估计寄到家了
回信估计也到山外营部了

封山后的这封信写好了
在独龙江，一封信，就到写好为止

把信写好，藏在枕边
把信写好，念给江水
把信写好，默对雪山
把信写好，寄给自己

把信写好，埋在这个与世隔绝的哨卡
埋在营房后面的墓地
谁会读到这些永远寄不出去的信呢
我知道，只有写信的人最终回到这里

相思记

常常是月落之后，才点起一盏蜡灯
这点光亮，可不像月亮那样
能照出莽荡群山的轮廓。但这点光亮
却能照到月亮照不到的地方

凑着蜡灯，点燃半包春城牌香烟的
歪歪扭扭的最后一支，摸另一包时
摸出的却是一张照片。灯苗忽闪
烟头明灭，挂在床头的军装随着一明一暗

一个人活着，究竟与这个世界
与这个世界上的亲人故人和非亲非故的人
与这个世界上的自己和另一个世界的自己
是什么关系呢？一个戍边人呢？

常常是，看着照片上的人
想起这个人和更多的人，以及更远的自己

边关的重重关山，把生离封存在
零度以下，把死别设置在冰雪之上

当我们每个人都讲完或者编完自己的
故事，笑声戛然而止。当我们每个人
都知道一班长的陕北米脂女人并不存在
而副营长美丽的纳西族媳妇其实已经走了

沉默，并非无言，并非欲盖弥彰
一个故事的二十三种方言版本里，藏着
一个谜语的三百六十五种猜法，藏着
一个内心沧桑的人永不示人的秘密

烟草记

春城，红梅
白春城，黄红梅
画苑，石林，阿诗玛，红塔山
这是二十世纪九十年代的云南烟草记忆

天天春城，偶尔红梅
其他牌子只是镜花水月
偶尔真的打打牙祭，那一定是在
某个纪念过往或者对明天恢复希望的时刻

进山前，我们二十三个人
有一半不抽烟。进山半个月
不抽烟的有一半开始抽烟
大雪封山后，二十三支烟常常集体点燃

当然，不是每一次点燃
都是想起什么，或者放下什么

更不是每一次烬冷烟灭
都能归于平静，或者意兴阑珊

那是记忆的门在风中开开合合
那是抵挡寂寞的山崖，被孤独的乌云
笼罩。那是时光的磨淬与燃烧
那是一个人在异乡，另一个在故乡

我在独龙江学会了抽水烟筒
咕噜咕噜的水声和烟篆相依为命
是谁在水深烟浓里侧耳聆听我的青春？
是山里迟缓的节气，是月亮无声的潮汐

马帮记

一个人，和大山对坐一天
和一条穿山而过的茶马古道对坐一夜
山不睡，路醒着，我们都不说一句话
仿佛寂然入定，又仿佛期待一个什么动静

万物沉默，一切如同回到太初
风不动，云不动，山顶积雪如同神的雕塑
当时间的灵魂路过我们这里
一定会屏气敛息，从最远的山梁绕道而行

太安静了，我能听到万物隐秘的交谈
等待什么呢？除了山还是山，除了士兵
边关人迹罕至。还有谁会远道而来呢？
还有马帮。是的，山间铃响马帮来

马帮从哪里来？马锅头的羊皮袄和口哨
马背上的盐巴、茶叶和山外的风尘

穿越一年四季，一天四季，一山四季
从一个莫名的起点去向一个未知的远方

咱们都是和山神交换过信物的人
一次又一次饮尽春醪夏酪秋醇冬酿
在大雪之夜清点关山无尽的灯盏和黑暗
在一次往返的尽头埋下一世的轮回

并不是因为马帮的到来，士兵
才充满期待。而是因为马帮捎来的书信
让哨所打开春风又度的门窗，让士兵
从祖国的天边边，悄悄回那么一会儿故乡

年关记

这一年，比所有的年份更漫长
也更短暂。在山里
可以用最感性的方式触摸时间
时间的刻度，时间的秘密，时间的动静

这一年，比所有的年份更遥远
也更切近。在哨所
可以用最感性的方式观察自己
自己的冷暖，自己的悲欢，自己的命运

这一年，比所有的年份更辽阔
也更具体。在边关
可以用最感性的方式拥抱江山
江山的中心，江山的边缘，江山的安危

大雪覆盖群岚，覆盖邮票般大小的营区
一盏蜡烛照亮寄不出去的二十三封信

一百盏蜡烛映红二十三碗苞谷酒
映红这个距离二十三个故乡最远的夜晚

我们已经是亲人的陌生人，已经是
山河边关的知交故人。这一夜
我们与界山界河一起守岁，与自己
以感性的方式理解的一切理性握手言和

除了日历的提醒与暗示，我们
总怀疑这个日子是不是真是这个日子
边关的年关，是戍边人的万里未归
也是一桌更大的年夜饭上并未缺席的拜年

藤桥记

你一定见过各种各样的桥
大江大河，家山小溪
在惊涛骇浪之上跨越天堑
在晨雾夜雨中缝补出门和回家的路

你一定听过关于桥的种种故事
一个人一生要走过多少桥呢？
在狂风暴雨中抉择取舍
在月明窗外送一叶乌篷船远行

你一定做过关于桥的梦
如果你来我们独龙江看一眼藤桥
你一定会从梦中惊醒
两山之间，三根油藤，命悬一线

巡逻的脚步到达之前
神仿佛来过，鹰也来过

会飞的一切仿佛都曾来过
唯有行走的一切踯躅不前

唯有打着绑腿的我们
两手握紧两根油藤上的四季
两脚踩住一根油藤上的雨雪苍苔
走过奈何桥一般，走过藤桥去查界

真正的大山是沉睡的，真正的
悬崖是沉默的，真正的边关在藤桥两岸
真正的戍边人九死一生归来
藤桥般卑微，大山般无言

巡逻记

卫星绘制的地图并不可靠。因为
边关的山川每天不同，草木因季而异
这条人踩出的路和那条狍子麂子踩出的
路之间，会被一夜风雨搅得含混不清

去年留下的口信和标记，也不可靠
山里的两个坐标之间，可不像公路和铁轨
去年跨过七条深涧五个峭崖，今年发现
藤桥又断了几处，山洪又冲出了新路

去最近的界碑，来回也要三四天
最远的那座，我们得备上半个月的口粮
最传家宝的手艺是打绑腿，最重要的装备
是雨衣，行军披在身上，宿营铺在身下

对于一个边防士兵
对于一个每年被大雪封锁半年的哨卡

开山季节去巡逻，充满神圣的喜悦
千山万壑间的奔赴是生死，也是放逐与浪漫

出征前夜，油灯蜡烛和手电筒闪烁明灭
这个不通电的哨卡，只有此时这么明亮
请战书，决心书，血书遗书，仿佛是
一场青春的笔会，也像是一场人生的祭典

我们必须赶在下一场大雪到来之前
走完这些没有路的路，走遍防区每个角落
临行前，我们会向前辈战友的衣冠冢道别
请他们年轻的英灵保佑我们活着回来

雨衣记

这件雨衣是哪个老兵留下的呢?
年代久远，军工厂留下的
印记，只剩下模糊的菱形轮廓
当年写下的名字只剩一个远远的背影

一件雨衣上，深藏着
一个戍边人走过的巡逻路
深藏着他早已数不清的迷失与寻找
以及一段边境线的前世今生

一件雨衣，比戍边人
更知道边关的冷暖，更知道
雪雨的冰寒，更知道
界碑和生死之间的全部秘密

戍边人对雨衣的感情
近乎感恩。每次出营远行，雨衣

比枪重要。一件浸透雨雪和冷月的
雨衣，几乎是一个老兵的图腾

一个老兵退役
一件雨衣继续服役
那个没有把雨衣带走的人
把什么留在了边关?

高黎贡山多雪，独龙江多雨
漫天雪雨沿河谷倾落
像是酝酿一场蓄谋已久的出走
裹紧雨衣赶路的人，走到尽头才会回头

打雨记

雪山绵延无尽，江河冰寒彻骨
作为偏居七彩云南一隅的
苦寒之地，独龙江仿佛永远沦陷在
比茶马古道还漫漫无尽的冬天里

然而独龙江也是有夏天的
覆盖着积雪白头的夏天
被融化的雪水逼停在两岸的夏天
郁郁葱葱雾雾沼沼莽莽荡荡的夏天

戍边人是为这个季节
定义高度、宽度和长度的人
我们穿过雪线以下的记忆
为一块标志边界的石头祭路

这个季节是为独龙江
设置湿度、温度和风度的匆匆过客

我们走过生死界上的路和桥
为一座边关的编年史加上一道年轮

我是说这个季节这段行程
有个唯有独龙江才有的奇观
当云雾压住雪线，我把一梭子子弹
打进天空，就会引来一阵大雨

我们在雨中洗澡洗衣，雨不够了
就再打一梭子，没有人能解释这是为什么
在这深山密林的雨中，我们不像一群人
而是像一群狂欢的野兽，或者孤独的鬼神

宿营记

摸摸干粮袋，嗯，还够七天返程
掂掂米袋，好，还能吃上三顿热饭
检查枪支、雨衣、盐巴和辣子
看看指北针和山的影子，天色渐暗

寻找来时路上用匕首做的记号
寻找篝火的灰烬。士兵总是这样
在下一个开始和这一个结束之间
在这一次凯旋到下一次出征的途中

这是亚热带向温带过渡的丛林
雪山俯瞰深峡，士兵走向界碑
一年一度往返。这是关于主权
关于战争与和平的一次仪式的完成

绵延无尽的大山里藏着多少小路，多少
与星空、与风雨、与戍边人的跋涉

相对应的坐标？一个小小的宿营点
安顿下多少戍边人的梦与醒

夜静山不空，一个人的军旅
会留下多少宿营地？我背靠的大树
生长在这里，这里是它的家乡
我在它的家里和它说了一夜的话

我本来是在我的家乡种庄稼的人
那时候，我是祖国的陌生人
当我完成这一次次宿营，这些边疆的大树
会随我一起解甲归田，与我共度余生

黄昏记

一抬头，高黎贡满山夕阳残照
这一刻，昆明已灯火初上
北京已暮色苍然，故乡鲁北的村庄
我的煤油灯已经昏昏欲睡

土炕上凑着油灯念书的孩子
每天三个高粱红薯面窝头的孩子
背着花布书包站在村头张望明天的孩子
是怎么来到独龙江当兵的呢

黄昏，在异乡人的烟波江上
在戍边人的边疆界河上
像永远不醒的梦那么美，像永远未知的
明天，那么充满希望和绝望

地理以经纬分割时间，同时也分割了
生命的处境。恰如其分，公平公正

不多一刻停留，也不会宽容地抹去
永远也抹不去的阴影

命运的确是那种不可捉摸的轻与重
此刻是独龙江的黄昏，一夕残照
隔开一个戍边人和他的现实与回忆
隔开一个人和一个军人的爱与恨

日暮，苍山如此切近
而我如此遥远
一抬头，满山夕阳残照
一低头，我对自己的误解竟是那么深

望月记

依旧是独自一个人静静仰望
依旧是把对任何人都不能说的话
说给月亮。多年以后，我从山里回到城里
什么习惯都改了，唯有这个习惯根深蒂固

边关的夜，还有什么比月亮更让人依恋呢
戍边人都知道，如果没有月亮
边关不是无限寂寥，而是夜晚和群山
失去了安放之地，无处流浪

我相信我的军装是被月亮洗白的
我相信我的哨位是月亮测定的经纬
我相信我的来路和归途是月亮的梦与醒
我相信远方有人每天和我一起望着月亮

我坚信，如果每个戍边人
每晚都和月亮一起上哨，都枕着月色入眠

那么，这就不仅是戍边人的梦境
而是一个关于家事国事天下事的广袤图景

也许是山路迢遥，也许是道阻且长
一捧月光能储藏士兵的全部思念和遗忘
如果山雨欲来，如果飞雪漫天
隐居内心的月亮，会紧紧抱住士兵的胸膛

必须学会用月色写家书情书遗书，必须学会
在雪山深峡开辟心中的邮路。如果我在梦里
闯进了无边的黑暗，那么谢谢你，边关的月亮
幸好你还在我心头，在我哨所的天上

忠孝记

母亲的死讯，在邮路上走了多远
才从故乡传递到我这里？边关的人
活在这样的故事里。有时，是一个噩梦
有时，就这样真实发生

比如我，从漫长的巡逻路归来
猝不及防。母亲走了，走在故乡老屋
她没有等儿子回来。儿子
在她穷尽一生想象也无法到达的远方

怎么回事？查界路上才走了半个多月
难道母亲撒手的那一刻，正是
我走到第七个也是最后一个界碑的时刻？
那一刻，我正为界碑擦拭额头的风霜

怎么回事？距上次探亲才三年多光景
母亲送我到村口的身影还那么硬朗

她在奈何桥头一定一步一回头
想再看一眼儿子有没有赶回家门口

故乡春暖花开，边关大雪苍茫
我刚为祖国探望了她最远的一个山冈
就要赶紧赶回故乡。这一次
故乡多了一座新坟，村口大槐树下空空荡荡

走两天一夜山路，坐三天三夜长途汽车
再乘两天两夜火车，再赶半天乡镇小客车……
我的怀里，揣着一捧边关的泥土
从此后，这把土，替我日夜守着母亲

战友记

山东兵三个，经常感慨云南并非处处春城
陕西兵五个，喝点酒常吼几嗓子秦腔
四川兵五个，热衷于煮辣子论英雄
贵州兵四个，爱抽弯杆水烟，不爱说话

余下的，是六个云南兵
省会的一个，其余都来自边境地州
喜欢用各自地道的方言谈论本省
唯有云南兵把云南以外叫外省

我们人人不同。有人来这里当兵之前
没见过山，有人抱怨从家乡的大山
又来到了另一片大山。我生长在内地平原
第一眼见到边关的群山就心生眷恋

在山与平原之间，云南兵
只有平原的概念，连绵大山间的

小小平原，在他们的语言里叫坝子
昆明，就是彩云之南最大的坝子

穿越平原，穿越大山，穿越星罗棋布的
坝子，我们二十三个兵沿着二十三条
不同的路走进同一个梦里。有人说
战友亲如兄弟，我说戍边人是生死相依

如果晚点名，我们还会呼点
另外三个名字。他们或他们的衣冠
埋在营房后的山坡上。喊他们的
时候，只有山谷回应，他们默默无语

新兵记

在王秋贵坟前，王秋贵崭新的
军装有点尴尬，有些发抖
相隔万水千山的巧合
和相差半个世纪的巧遇，像一句谶语

而且，还隔着生和死
而且，班长的点名听不出任何差别
这究竟是在喊谁呢？是一个老兵
转世？还是一个新兵第一次面对生死？

离当年的战场这么近，离当年的
战火这么远。老王秋贵牺牲的时候
也是个新兵。新王秋贵来到他坟前时
他是个死去的老兵？还是永远的新兵？

一个边防哨卡，就是一棵孤独的树
一个来到这里的新兵

就是随风飘落的一粒树种
一道边关，就是这些种子长成的林子

每个军人都有自己的兵之初
每片林子都有自己的天空和大地
每一身崭新的军装，都藏着
一个士兵活着的身躯和永远活着的墓碑

我在独龙江带过三批新兵
我和他们一样，都在慢慢理解自己
命运永远因人而异，而一个新兵长成大树
永远是一个充满敬畏的轮回

老兵记

当一个士兵，把部队配发的
一切，都恰如其分地裹上岁月的包浆
看见一件上衣，或者一床军被
就能认出这个兵。那么，你可以叫他老兵了

我见过一些城里的老兵，每天按部就班地
起床，操课，吃饭，洗澡，熄灯
频繁地洗衣服，熟练地清洁内务
慢慢地散步，静静地计算退伍的日子

我听过一个裤线笔挺头脚油亮的
老兵反问：打仗？真打仗谁还来当兵？
我也瞥见过掩在风纪扣和袖口下的念珠手串
以及他们关于信仰和价值的质疑

独龙江老兵的日常和苦乐与此无关
在边疆守卫祖国，心里会有一个不一样的

祖国。在无边的寂静和黑暗中凝视边境线
不一样的祖国会为我们掸掸风雪，掖掖被角

打过仗的兵和没打过仗的兵不一样
杀过人的人和没杀过人的人不一样
打过仗的兵带出来的兵不一样
杀过人的带兵人带出来的人也不一样

新兵最喜欢听老兵讲怎样浴血沙场
而老兵的沉默，就像独龙江的高山大川
有人说战功赫赫的老兵喜欢收藏军功章
而我们营长，最珍惜一枚渗透鲜血的子弹

兰草记

我的哨所有一株兰花草，营长说
这是老山兰。老山，并不遥远
在南边，在独龙江南边
在南疆之南，在彩云之南

营长的战友都在老山
都在大片大片的兰花草身边
漫山遍野花开花落，漫山遍野
草长莺飞，漫山遍野有名无名的碑

山野静寂，大地不语
兰花草是唯一的守墓人
花开就是点燃祭祀的红烛
花落就是又一次没有等来探亲的人

当兵之前，我只知道
男儿有泪不轻弹。看营长每年一次

为这株兰花草浇水，我才明白
在一朵老山兰面前忍住泪水，多么艰难

是的，多么艰难。就像回一趟
已经成为墓地的阵地，回一趟
已经埋进陵园的青春，回一趟
战友倒下而你侥幸闯过的弹坑，多么艰难

《草本目录》说，兰花草喜阴
生长在中国西南三千到四千米的高山
我的哨所向阳，并且远远高出这个海拔
而我的兰花草默默不语，年年开花

带兵记

说实话，我也有想不通的
时候。但怎么办呢，我是带兵人
我得把我带进独龙江的二十三个兵
平安带回去，包括我自己

怎么办呢？我得让这个身为排长的
我，融入其中，而又置身其外
我得是那个独醒的饮者，我得是
与二十三种绝望决斗的胜方

王秋贵的坟在营房后的
山坡上。那是我醉时的故里
也是我败后，唯一的他乡
我给他点上烟，替他一支接一支地抽

来和秋贵说话之前，我已经
想尽用尽了千方百计

包括不足为外人道的妙方和诡计
这些伎俩并不指向内心的崇高

当蹉跎变成绝望，我必须
让大家不能遗忘自己，要活下去
当那一刻真的来临，我们必须
用身体组成相互挡子弹的围墙

弟兄们，有些话真不能说透
说透伤心，不说透更折磨灵魂
任何契约向别人索要的都不是性命
唯有带兵是。带兵，就是带命

行刑记

这件事，最不想写
这首诗，如鲠在喉
这个人，我并不认识
这一枪，让我成为一个杀过人的人

犯人，绳索和土堆
法医，白手套和黑囚衣上粉笔画出的十字
士兵，子弹和枪
一次铤而走险，连着一个命定的下场

大地寂静，天空云朵飞翔
环视群山，看不出这个日子与死亡有关
看不出一个人即将结束生命
看不出一个人即将结束另一个人的生命

枪刺打开，枪口对准十字
扳机向后，子弹向前，闷声闷气的一声响

在枪膛和土堆之间，穿过心脏
在生和死之间，置换了两个人的心境

二十年过去，世间有没有另一条好汉
当年验明正身，如今无从考证
而杀过人的人和没杀过人的人，却时常
坐在我心里对饮，谈论究竟是谁杀了谁

在大西南莽莽边界茫茫山林
背毒品的人神出鬼没。山那边
大片大片的罂粟鲜花怒放，花香飘荡在
阴阳交错的山冈，人来鬼往的刑场

摄影 / 宋怀忠

把一个~~[illegible]~~战死沙场的士兵
埋在一片山坡上
把一千个战死~~[illegible]~~沙场的士兵
埋在同一片山坡上

我知道,在我们到来之前
这片山坡上仍有草木一岁一枯荣
我记得,这片宁静安详的向阳的山坡
从不曾见过这般列阵而来的生离死别

第二辑

这般列阵而来的生离死别

候鸟记

滇西北的天空
是几座雪山冰峰的庄园
云朵是季节的庄稼
候鸟，是准时来访的远客

除了戍边人，没有人登临
候鸟年年俯瞰的雪山
那些进山出山上山下山的路
像三叶草一样，一岁一枯荣

相比于候鸟的漫漫长旅
我们的封山之路显得如此微不足道
秋去冬来，冬尽春归
这个角落渺小得可以忽略不计

候鸟并不知道，翼下群山连绵
而这一座山叫作界山

守山的人年年看候鸟归去来兮
次次目送你飞向远方，凭君传语

多么盼你飞来
又多么嫉妒你乘风飞去
你在天，我在地
我们都把你作为不相识的好兄弟

候鸟有没有故乡呢
候鸟和一个少小从军的戍边人一样
用一生追问，用宿命般的迁徙
寻找一个并不存在的谜底

方言记

初来乍到，几乎很难分辨云贵川的
语言差别，以及昆明大理保山怒江之间
更细微的差别。但时间长了就听出来了
方言和人一样，千差万别

从昆明往西，到苍山洱海
到高黎贡山雪线，到怒江大峡谷
这一路穿越的是十万山水，也是
种种边地民族的山路弯弯云水迢遥

也是一百种方言一千种腔调的
峰回路转。可以断定
语言一定是地理的一种行走
是两个村寨之间温暖而暧昧的风俗过渡

走啊，走啊，边说边走
走到公路尽头，走到茶马古道路口

语音戛然而止，寂静雄峙四周
与世隔绝之地，原来就是语言陷入无边沉寂

在独龙江，人和人之间
似乎说完了一生要说的话
那些最隐秘晦涩指涉含混的俚语
都听得懂言下之意，还听得出言外之意

是啊，世上的事总是如此简单而复杂
每句话都有言下之意，每句方言都有
外乡人体会不到的言中之意，每次对话
都有希望或不希望对方听出的言外之意

贫穷记

很难说清，什么是好日子
很难说清，比眼下的日子更好的
日子，是什么样子
走进独龙江戍边的士兵，一时无语

一座山就能隔开两个时代?
答案如此肯定，如此不可思议
一座山隔开的不仅是时代
还是两株野草迥然不同的命运

进山之前，我给山里的孩子
寄过御寒的旧棉衣
进山之后，我捧着我寄来的旧棉衣
就像捧着一个孩子小小的尸骨

什么是家徒四壁?
茅草和木样瑟瑟发抖的寒冷

一口火塘赐予长夜的光亮和温度
这就是活着的原因，还是活下去的理由

苞谷来自石头的缝隙
茶砖来自马帮的怜悯与施舍
在这遥远的边陲，一蓬野火的
枯荣，就像一个生命的来去

在独龙江，我时常想起那些童年的歌声
一曲响起，群山静听
在独龙江，我时常依偎着界碑眼含泪光
望着祖国，望着远方

州府记

不是说一座边疆小镇只有一条街道
而是说一个边疆州府就坐落在这样一个小镇
沿怒江和高黎贡山势而下，从西北向东南
一支烟工夫，就穿越了它的地理和现当代史

更深的一切在它的市井深处
在它的江岸，在它的山崖
在它入夜后昏暗的灯火里
在它入梦后依然醒着的时光里

镇上的人和路过镇上的人
都是小镇的梦中人，就连那些
纵火的土匪和打家劫舍的野史人物
也不例外，也都留下过一杯半盏喝剩的残酒

每个时代都是一场不动声色的遭逢
黎明到来，大雾弥漫溜索桥头

月光留下的传奇和醉意灯烬灰冷
异乡人醒来或者离开，一路风尘

当年每次路过，如今每次梦回
对戍边人而言，这座州府边镇都是一场宿醉
黎明到来，镇东头的傈僳阿婆和小孙女
打开炭火，安放岁月般安放煮米线的小锅

这是怒江大峡谷最安静的一段。高黎贡山
腾出一块坝子，把一个边境州府安放在
这个名叫六库的小镇，让一路飞流直下的江水
在告别雪山之前回头看一眼后会无期的故乡

江河记

当一条大江在早晨醒来
它发现，左侧的山崖与右侧的峭壁
其实是一座大山的朝阳和夕照
自己走了一夜，大山还没出门

当一条大江唱起渔舟灯火
它发现，南岸人家和北滩田畴
其实是一个梦的两处搁浅
自己不曾醒来，大山还没出山

并不是说，山有多长
而是说，水比山远
在一条大江开始的地方
一座大山正打开它冰封的远方

也许正是那个时候
一粒冰雪收拢起空无的静止与奔赴

在万山之巅，耕种，抚琴
寻找天堂的欢乐和尘世的忧伤

也许正是那个时候
一间离群索居的茅屋收容了
一枚走失多年的鬼火，从熄灭到重生
蕴蓄了繁华两岸，千城灯火

这就是人间长河，这就是
关于朝代更迭文明赓续的史册
然而我要说的并不是这一切，而是
一条大江必将流到的，命中注定的边界

流水记

时光和流水，都来自冰雪沉默的
源头。每一次出发，多么像一个人
离家出走。两手空空，毅然决然
在开始的地方埋下结局

有一个更深的沉默，等在远方
等一个游荡天下的人流落他乡
叶落之时，归期无计
把一生埋在一个陌生的地方

要路过多少路过了就不再回来的
异乡，还有多少忘也忘不掉的平原山冈
有时候也想停留甚至就此登岸
但本想收留你的人最知道你去意彷徨

一切答案都在到达时揭开谜底
哪怕路上打开过改变命运的锦囊

你必将走到唯一让你安营扎寨之地
时光固然蹉跎，却正好把这里收拾停当

不多不少，一路上写的信都已寄达
不早不晚，一个海市蜃楼般的
黄昏，正升起苍凉而温暖的炊烟
一个声音在细语：这就是你最后的远方

就是这里了。不像是奔赴
却像是归来，不像是初来乍到
却像是别梦依稀。终于可以驻足回首了
却发现，来路山重水复，归途地老天荒

边城记

半坡背阴，半坡朝阳
半河灯火，半河月色
半城梦醒，半城沉醉
半个月亮照着半个人生的身影

如此真实，且如此富于象征
一座山就应该是这样高耸不语
一条河就应该是这样谦卑流过
一座人间城郭，如此繁华，如此落寞

城门向北，马匹穿过
商旅或者士兵，带来了满城
关于外省的传说。一座边城的身世
从一个故乡启程，在另一个故乡停泊

城门向南，白云穿过
从这里再次出发的，都已不再归来

没有人知道再次千山万水之后身在何处
城门外千杯万盏的告别，像个隐喻

是的，我就是在这里戍守边陲的人
西绪弗斯一般上山下山的人
我来自外省，我的使命到此为止
我日夜守望，云舒云卷，鸿雁来往

是的，我就是安葬此地的
外乡人。茶楼酒肆里，我的茶盏和酒壶
尚有余温。一座边城
生前萍踪侠影，死后去向不明

远塞记

当兵之前，我没见过火车更没坐过
火车。当兵当到独龙江
发现这里的山川草木飞禽走兽
都没见过自行车

这是一个国度最晚发现的领土
山相隔，水相阻
语言也在翻山越岭间丧失共识
一群找不到故乡的人，在异乡落地生根

找不到故乡的人，失落于逃亡与迁徙
并非用母语命名的民族与土地
找不到树根和水源
历史和地理的姓名，如此漂泊无依

我来的时候，你在这里
然而这里是哪里？

一碗苞谷酒的五味杂陈里
是不是埋藏着你谜一般的身世和来历

无数陌生的诡异词语
闪电般切入你身体的裂痕
深藏着迷失在虚妄里的黑暗
掩饰着黑暗中火焰燃烧的疼痛

这是二十世纪九十年代的独龙江
与世隔绝的青山，兀自向南的流水
因为神示的占卜而陷入无尽的钩沉
因为万劫不复，而用沉默说服了光阴

地理记

这是怎么安排的呢?
山水相连，山水相隔
如此整饬有序，如此相依相偎
如此近，如此远

地图上的地理
和戍边人眼里的地理
几乎判若天壤
多少江山如画，多少如画江山

雪山是用来仰望的
雪山上的界碑是用来守望的
戍边人不是旅人，不是职业登山者
却必须用脚步丈量仰望的高与守望的远

江水是奔涌的热血
江水畔的哨卡是静默的历史

多少探险的喧哗随风来去
多少沉默的坚守长眠无归

从昆明走到这里需要多少时日
需要翻越多少有名的无名的大山
需要渡过多少没有渡口的河流
只有和地图失之交臂的人才恍然大悟

从地图上的有名之地
走向地图上的无名之地，尽头在哪里?
唯有敢把自己称为边关的山川
才有资格标注海拔的高和天边的远

时间记

我们，我是说我们独龙江
我们用的时间刻度
和独龙江以外
是不是一个刻度呢?

如果是同一个刻度
那山里的时辰真的是山外的
时辰?季节，寒暑，来往
甚至生命的成活与死去呢?

枫红起于秋?还是源于春?
大雪来自寒冬?还是来自遗弃的前世?
这山间的茅屋和墓地来自哪里?
我们这些戍边人呢?

枯木逢春的时候，很有可能
枯木依然是枯木

而春天是原来的春天
并且把万物都藏进了身后

唯有枯木，唯独把这一根枯木
留在了春天之前，春天之外
留在了和万物不同的时间中
作为生命的标本，死亡的见证

因此，独龙江是另一条纪事的
绳索，另一个时间秘密的
进程，另一个继续掩埋的遗址
我们不是殉葬的生灵，也不是盗墓的人

过客记

一座山有没有主人？
一条江有没有主宰的神？
戍边人眼中无尽的苍茫
与山神水魂源于对峙，归于和解

土著也不知道
最早的占领者是不是另有其人
肯定与质疑
都和相依为命若即若离

对于戍守而言
并不仅是边界和领土
界碑和那些立身为碑的人
早于自己来到这里

当我携带未知的一切
向远方出发的时候

我必须承认，一切在意料之中
一切也在更深的意料之外

我做好了一切准备，包括
最坏的打算。留给我的时间
无论长与短
都是我和这个世界签订的契约

结果没有惊喜
也没有想象中的悲恸与荣耀
我只是在独龙江水上留下了风雪的
凝望，和再也不能重现的黎明

知音记

山风起于远古的峰峦
江流源自天上的深峡
谁端坐云端
拨动山水的琴弦

独龙江得天独厚
戍守独龙江的人得天独厚
巨大的寂静是神的曲谱
从无声开始，到无穷终止

这是最适宜聆听的山河
神圣，悲悯
像空旷殿宇里的一炷香
绕过无数廊柱，从飞檐上飞走

从抵达之时
我就知道这炷香的存在

它的烟篆几乎就是道路
让人来去自如，又天涯阻隔

我常常独自来到江边
苍苍蒹葭
掩藏起了琴台和抚琴的人
一曲终了，青丝已成白发

这也是一种近乎天意的知遇
一只山鹑飞过雪线
一群山鹧鸪掠过芦穗
这一刻，独龙江似乎也苍老了许多

战争记

边关的群山，借月光一望
特别像潜伏的军阵
一动不动，伺机而动
只待一枚兵符，一声号令

边关，就是对峙与和解的
默契。对峙是战火，而和解
是另一种战火。生死存亡
是界山的沉睡，是界河的惊醒

国家近在咫尺，家国远在天涯
离战争最近的地方在这里还是在别处？
子夜的凯旋，是荣光还是追问？
冷月下凋零的花环呢？

每一寸领土，都是
胜与败的诀别，生与死的重逢

每一个戍边人，都能在
遗骨和残骸中找到自己

楼船夜雪，铁马秋风
对青春和热血而言，战争充满诗意
对战后惨烈的夕阳而言，将军的悲壮
充满诗意。而战争本身呢?

烽火此时，凯旋此时
胜败此地，生死此地
边关，埋葬着上一场战争
还将埋葬下一场战争的开始和结局

和平记

最后一场战事，挂在营长
旧式军服的弹洞上，掖在上衣兜里
晃荡在裤腿上。和这套旧军服
叠在一起的一个信封，他看了不知多少遍

仗打完了，边关陷入
上一次休战与下一次开战之间的
沉寂。枪炮入库，战马去南山吃草
但打过仗的人心里，仗真的打完了吗？

和平多么珍贵，比生命还珍贵
那个信封里，有十张照片
这是当年一个尖刀班的十个士兵，除了
营长自己，其他九个都埋在了南山

而南山，是城里的月光照不到的角落
是关于遥远边燧的新闻和传说

是一条阒寂小路，在战壕与墓园之间
警惕或者等待，纷乱杂沓的脚步突然闯入

边关多么安静，南山多么安静
山河多么安静，祖国多么安静
营长的旧军服多么安静
信封里的照片和照片上的人多么安静

我爱祖国山河的和平之美——这句话
是我当新兵写决心书请战书时琢磨出来的
诗意背后，是一个新兵的得意
三十年后，面对自己的旧军服，我羞愧不已

祭祀记

绕过营房，是墓地
活着的士兵和死去的士兵
只隔着一片菜地
隔着这么生机盎然的阴阳界

冬天菜地荒芜
菜地变成坚硬的路径
那些曾经让我们欣喜的生命
回到了和我们一样无可奈何的境地

一场雪就可以覆盖这样的
离去，也可以让归来变得更加
丰沛。这和这片菜地的象征如出一辙
当生命旺盛的时候，枯萎正迎面而来

我经常在夜晚路过这里
带着我的秘密和祈祷

仿佛一个忠诚的信使，也仿佛是
一个前来探路的继承人

我提醒自己，从这一刻开始
不再向前辈做出解释
也是从这一刻开始，所有的
壮怀激烈，都归于沉默的怀念

一个新兵向一个死去的老兵
解释什么？祷告什么？
一个活着的人，向斑驳的墓碑
诉说活着的意义？还是死后的哀荣？

陵园记

把一个战死沙场的士兵
埋在一片山坡上
把一千个战死沙场的士兵
埋在同一片山坡上

我知道，在我们到来之前
这片山坡唯有草木一岁一枯荣
我是说，这片守望边境的向阳山坡
从不曾见过这般列阵而来的生离死别

是的，青山有幸，忠骨荣幸
在战场的惊天动地与残阳静寂之间
在这片山坡所有的梦境以外
生命的逝去和大地的收留彼此无言

戛然而止的青春有多么灿烂
起伏连绵的坟茔就有多么绚丽

我们来自天南地北的市井和农田
我们的最后一滴血流进同一杯祭酒里

我们战斗到最后一息，我们不曾死去
夜静山空时，我们还会一起擦拭武器
当我们思念昨天的自己
就一起细细端详一件件染血的战衣

我们常常凝视自己的墓碑
碑上那些字是战友写给我们的信
我们还会一起唱起昔日战歌
士兵啊，要么战死沙场，要么回到故乡

摄影／陈伊

遇见这些你们的面容
就不再你们写一章了
因为青春已经过去
以后的岁月不再你们

你们的一边是一种
水一种，去过问那些活来的程
完成~~[illegible]~~一生。在漂于中长烟火
我那一辈，又叫枯谁了

第三辑

夜深千帐灯火，
我那一盏，名叫独龙江

行止记

出门远行这件事，古往今来
山遥水阔，山高水长，山重水复
一个人的步履行止
也许正是他的命运浮沉，造化深浅

关山无尽这个词，一定诞生于遥望
诞生于日暮黄昏，此去经年
可以到此为止，也可以不
关山之外，依旧是关山

楚河汉界这道关，一定出没于战争
出没于一次出征的鲁莽或者鸣金的迟疑
出没于一个风雨之夕或者风雪之夜
出没于皇帝和将军的一纸罅隙

征战发于雄心，也止于
雄心。车马拥关不前

群山如沉默的宫殿，宫殿在遥远的
身后，布满明暗交错的人影

何不乘胜纵马？为何罢战言和？
就此收兵还朝？还是放逐江湖？
万劫不复的人和他经历的斗争
归于平静，归于并不平静的平静

我和历朝历代的戍边人一样
独自面对边关群山。从山前到山后
从日升到月落，从几页青史到半炉灰烬
看透而不说透，说透之时终于放下了自己

有无记

每一座伟大的边塞
都有一代又一代卑微的戍边人
每一座卑微的边塞
都有一个又一个执拗的戍边人

独龙江的伟大与卑微，在于
遥远和不够遥远，在于海拔和
不够海拔。但是你走走试试，这样的
雪山深峡，是不是足以颠覆云南印象

我不愿意解释。解释
是对无知的嘲笑。作为一个边塞
独龙江和戍守独龙江的人
常常忽略甚至忘记了自己的存在

山遥水远，地老天荒
我们籍籍无名的怀抱里

也放下了同样的江山社稷
只是，无人问津的人心里藏着无尽的追问

漫长的岁月，谁真正来过这里？
那些草木，那些风雪
都在四季轮回中放弃了归期
留下的都是记忆，而不是回忆

因此我在离去多年以后还是常常怀疑
当年，我究竟是不是在这里？
像大山一样守着大地
像江水一样，日夜不息，带走自己

生死记

每年最先被风雪分割围困的独龙江
是旅行手册上最后的秘境
而对戍边人而言，并不存在这种诗意
看山人和山里人，不是同路人

悬在山崖上的驿道，赶马帮的
傈僳汉子最清楚，一年四季
只有那么几十天可以冒险通行
挣这份钱，命悬一线

通向界碑的巡逻路，戍边人最明白
一道山崖，一道鬼门关
一次出发，一次内心隐秘的告别
遗书，就藏在可能成为遗物的枕边

被大山收留，或者被江水带走
你的名字，埋进一座衣冠冢

而一次伤寒，也可能会送你远行
小小墓碑刻不下你年轻而简单的生平

一场大雪，高黎贡山与世隔绝
半山春风，独龙江浩荡如初
时间是个轮回，一切生死未卜
戍边人，就是与一片河山结下生死之交的人

我们是别人眼里的风景
我们的故事和坟墓也是
我们是我们自己的回忆和归宿
我们的遗书和坟墓，也是

知行记

与世隔绝的日子与自己最近
尤其是，日子有了岁月的样子
自己有了自己的影子，才明白
真正接近自己，需要真正与世隔绝

很难在这样的远与近之间
区分近与远。我们给予自己的
一切，也在试图逃离自己
就像山正耸立，水正长流

甚至是，痛苦酿成的甜
极致带出的悖反
在封山后隐忍的冰雪下
布设一个出山之后的春天

即使这样，也无妨
谁的皮袍下没有几个小呢

我理解了夜里哭出声的兄弟
就像我和另一个我和解

没有那么多崇高
但也没有那么多卑微和龌龊
没有那么多牺牲
但也没有那么多传闻中的怜悯和同情

我是这么想的，也是这么接受的
一场又一场大雪一次又一次覆盖自己
我在大雪中一遍又一遍融化自己
一天天，一夜夜，等待浩荡春风把我解放

悲欣记

是我守着独龙江呢，还是
独龙江守着我？安排我来这里
是命运眷顾，还是一时疏忽，甚至误会？
那么安排这群山坐标和江水流向的

又是谁？留在山顶的飞雪
和化入江水的雪花，谁更幸运？
封山之后积在山外的报纸和信
藏着迟来的喜讯和噩耗

山就在这里，江也在这里
人也在。独龙江的钟表停摆的时候
时间的残忍和慈悲就像火盆和灰烬
前生万劫不复，来世死而复生

比七彩云霞沉默的，是高耸的
雪山。比雪山谦逊的

是山里四季的时光。比时光安静的
是我们和我们的营盘

比营盘更抵近岁月的，是一夕三逝的
江水。比江水更彻悟生死的
是一岁一枯荣的野草。比野草
更谦卑无语的，是我们和我们的守望

每一天的到来都千差万别。每一天的
离去，却如出一辙。隐于其中的
秘密，就是把苦酒酿成甘醪，把所有过往
埋入大地，养活着每个生命和他的因果

人间记

很难说清，是独龙江收留了我
还是我皈依了独龙江
人到中年，兵当到三十年
边关和戍边人，已很难厘清谁先于谁到来

起初并不是感恩，甚至是
被遗弃的痛楚与愤恨
往山里走的每一步，记住的和被遗忘的
每一个脚印，都在疑惑和质问

但一切归于感恩。没有这一切
如果没有这座山这条江
我将不是我，不是我自己
不是辨别我之所以是我的，那个罗盘

最初的交付并不是交付
而是并不知道为什么交付

最后的交付也不是交付
而是揭开谜底后的恍然与释然

怎样在去留之间断舍去留？
怎样为该来的打开门窗洒扫庭除？
怎样为挽不回的摆好美酒备好行囊？
怎样在事发之前未卜先知？

写在纸上的都是回忆，独龙江一夕三逝
一次宿醉之前，甘醪浓情似火清澈如水
一场梦醒之后，繁华散尽，人去山空
就像我这一刻写下的回忆：山去人空

世事记

我们进山后的那年冬天，一个明星
走红，占满大街小巷的黄金时段
我们出山的前夜，他死了
死在一个突如其来的黄昏时刻

我们背着三百六十五天孤悬雪岭的
无知，走回人间，走在满街满巷的
惋惜与悲叹里。我们的茫然
令人错愕，显得如此不合时宜

我们的无知来自雪山，来自
时代的边缘。我们是时局的局外人
我们和他走了相反的路程
我们劫后余生，他燃尽烈焰

应该在往来交错时互相打个招呼
但也许因为地位悬殊

也许因为走了不同的路
我们错过了彼此的前世今生

只能说，世事无常
其他的词语比这个还要苍白
幸运和不幸之间往往与选择无关
但选择背后暗藏玄机

真的没有先知先觉？还是有？
洞悉了世事真相，是告诉举头三尺的
神明，还是深藏不语？走出独龙江之后
我常常和这个死去的陌生人下一盘盲棋

出神记

独龙江没有寺庙和教堂
除了我们的营房，和雪线下散落的
黑褐色木屋，独龙峡谷空空荡荡
高黎贡雪山空空荡荡

那么，神，住在哪里？
山风吹过空空荡荡的山谷
虔诚的土著磕着长头远走他乡
茶马古道上的马帮说见过他们的背影

信神的人，对自己
充满更深的信任和怀疑
包括对祖先和祖坟，对木屋檐下的
纹面图腾，对深不可测的夜空

必须找到葬仪后的去路
也必须找到下一次命运的归途

这些事情都要向神问清楚
而神，住在哪里呢？

比宗教更执迷的宗教，是敬畏
比信仰更坚忍的信仰，是人心
善恶，福祸，报应，轮回
都在举头三尺之上，万丈深峡之下

神，住在没有人去过的地方
一个民族秘而不宣的苦难和皈依也在
神那里。信神的人守着火塘和火中的
神龛，和自己诉苦，向神乞讨救赎

米线记

一碗米线，是我这个外省人
对云南全部记忆的觉醒，别说一碗
一根都行。米线就像一炉母语般的
炊烟，缭绕在我波回浪溯的船头

几乎所有北方人第一次吃到
米线，都会笑出声来：这不就是
米条吗？鲁北的盐碱滩用麦子地收拢乡愁
云南的彩云犁开红土，剥开稻谷，辨认故乡

你是喜欢干浆的，还是酸浆的
你是选粗的，还是细的
你是要小锅的，还是过桥的
你要的小锅要戴哪样帽子

烟熏火笼，穿街过巷
就像隔着断桥烟雨，你寻找你的

红衣青伞。是的，如此平常、日常、庸常
却如此唯美，如此知足

端着一海碗米线蹲在营门口的
戍边人，在张望什么
那个多年以后看着餐桌上的精致瓷碗
却再不能狼吞虎咽的人，在想什么

每个城市街区，每个荒远村镇
都有口口相传的米线铺子。梦里回去
我不是走在昆明文林街的晨雾里
就是醉倒在六库沿江巷马帮老店的灯影里

蘸水记

你们说的调料，我们叫作蘸水
这种陌生而温暖的方言感沁人心脾
就像你用语言表达语言本身的
时候，语言背叛并更深地依附于你

不是说那种亲切与归宿
更不是你想象中的隔膜与违和
比如你们说一辆车，我们说一张车
你们说滇池边儿上，我们说滇池边边上

我说蘸水，还不仅仅是那一小碗
而是说一整张餐桌
还是说云南千家万户的所有餐桌
更是说这种异乡的方式，故乡的格调

外省远在山外
我们在山里过着清静干净的日子

守着简单简洁的食材
和每天都不重样但万变不离其宗的蘸水

如果我说，蘸水里的五味杂陈
是生活的悲欢离合，你也许会笑我
如此没有离奇的诗意。但蘸水真是这样
没有惊喜，但有悲欣交集的深刻

那时候，我是更深的山里一个孤独哨所的
带兵人，我每天都为弟兄们打蘸水
我下的盐巴和辣子最狠
多年以后，弟兄们还深深记得我这个外省人

饮酒记

我曾经滴酒成醉——
这个初来乍到的年轻排长固执地认为
使命，职责，哨卡，关山
与酒无关

我曾经长饮无醉——
踏遍青山，踏遍冰峰雪岭
这个外省人走在云南人都走不到的云南
学会了和最地道的苞谷酒打交道

我曾经酿雪成酒——
从一个夜晚到下一个夜晚，从一个界碑
到下一个界碑，从征途到归路
洒满壮行和祭奠的烈酒

我曾经豪饮达旦——
那是告别的一天，从独龙江

到鹿马登，从风雪丫口到片马口岸
从来的地方，到去的方向

我如今一饮成秋
和独龙江边的芦苇一样一夜白头
我和自己划拳行令，往伤痕累累的
军用搪瓷缸子里倒满输和赢

边关何处？乡关何处？
忠骨何处？青山何处？
一身旧军装和一个老兵的醉与醒
隔着一壶岁月的冷暖，一场痛彻的酩酊

隧道记

在滇西北修过路的人
最知道在滇西北修路最不划算
面对命悬崖壁和巨石压顶的
无奈与惊悚，路过的苍鹰都无法描述

在滇西北走过路的人
最知道滇西北的路真的原本不是
路，是人和牲口用四季往来和岁月苦难
一起蹚出来的时间的泥泞

在滇西北，山有山神，路有路鬼
赶马帮的人和戍边人
是神的兄弟，鬼的伙伴
这深不可测的交情义薄云天

我们每年一次的换防路
从一个河谷攀向一个垭口，奔向

另一个河谷，从一个黎明奔赴一个子夜
再从下一个黎明奔赴下一个黄昏

其实，直线距离并不遥远
只是千年雪山神圣，人必须俯首赶路
边塞关山则必须用这种方式
迎接与他生死与共的人

后来啊，打隧道的人来了，两天一夜脚程
变成一个时辰车程。但跋涉一旦失去
尽头还有没有意义？在隧道入口我分明听见
我的山神旧交和路鬼故人，劝我止步勿入

遗恨记

一个士兵死在沙场上
一个士兵死在巡逻路上
一个士兵死于疾病
一个士兵死于突如其来的误会

一个士兵当了半辈子兵
没有遇到一场战斗
一个士兵在没有战争的
另一个战场上斗争和争斗

一个士兵慷慨赴死
一个士兵马革裹尸
一个士兵投降
一个士兵逃亡

一个士兵的枪口瞄准敌人
一个士兵的枪口瞄准自己

一个士兵阵亡
一个士兵自杀

一个士兵摇旗呐喊
一个士兵冷眼观望
一个士兵躲在暗处磨刀
一个士兵藏在背后喂一支毒箭

一个士兵给心上人写信
一个士兵给死去的战友写信
一个士兵给自己的今生来世写信
一个士兵脱下战袍，告老还乡

自省记

山在远处望着我，在近处
也安排了凝望和对视
连绵不绝，把道路带向云朵
带向藏着暴雨和风雪的不同的审视

我的安静就像大雪封山之前的
灌木丛，不安也像
有时候，知道命定的安排
还不如装作浑然不觉

一切都将陷入已知的结局，也将
陷入未知的开启。最早的衰败起源于
最丰盛的萌蘖，在春天到来之前
已经没有办法向告别道别

其实每年都是这样，只是
每年如期而至的苍凉暮色看到的

是不同的人。不同的人
也都在找寻着阔别已久的重逢和相忘

自己对自己最好交代，也最难
真正交代。完成的时候，起点向后顺延
终点空前一致。在这样的大山深处
一棵红豆杉和一株三叶草，一样尊贵和卑微

行于所当行，该出发的都已上路
止于不可不止，大山里的灯火
都是为等不到的人亮到最后
我挑了挑灯芯，光和影摇晃着我的心

追问记

黎明来自东边的山冈，我和我的
军装一起醒来，或者，又是一夜未眠
我心里，装着庙堂与山河，装着
充满象征意味的万里星空和万家灯火

夜晚从西边的雪峰下山
我点起蜡烛，然后又吹熄
我在烛光里看到的我，和黑暗中看不到的
我，是不是一个人？是不是我自己？

青春是一场盛宴。我的盛宴
在辽阔祖国的边关，在离庙堂最远的
一个哨卡。这是一个戍边少年的盛宴
在生死之间，在使命和宿命的两盏灯之间

从鲁北盐碱滩上的一个村庄
到滇西北冰峰雪岭上的一个哨卡

有多远？从土地和粮食
到江山和战争，有多远？

从枪林弹雨到歌舞升平有多远？
从热血如火到冷暖自知，有多远？
从士兵到将军，有多远？
走完这些路，一个人离开自己有多远？

一生是几场同时上演或次第登场的
戏。入戏最深的，是烛光里的我
还是黑暗中的自己？
我究竟是谁？是哪个我的一声叹息……

解甲记

也许，三十年前的那一天黎明
真的对应着三十年后的这一天黄昏
那一天十七岁，一个少年选择告别家乡
这一天人到中年，一个老兵选择告别军装

确实不曾想过，穿上军装还会脱下
确实没有人动员我离开
确实没有战争，也没有真正的和平
确实一个时代结束，一个时代尚未开始

一个时代的命运就是一个人的命运
一个军人的命运就是一个时代的命运
当一个少年选择当兵，当一个军人选择解甲
他的时代正在与他博弈，你死我活

当兵就是个你死我活的职业
在我刚穿上军装的独龙江

我的连长营长团长，都杀过对手死过战友
老山战壕里，留下再也问不到的追问

并不是硝烟散尽，战争就此结束
并不是烈火洗礼，人心就能走得更远
并不是一座青山作碑，一代人的名字作铭
这个世界就会变得更如所愿

解甲，归田，埋着青春的边关寂静如初
我不能惊动青春，青春已认不出这个白发人
从奔赴到离开，从离开又归来
独龙江是故土？还是他乡？还是幻梦一场？

岁月记

写完这些分行的留言
就不再分行写心事了
因为青春已过去
以后的岁月不再分行

分行的一定是山一程
水一程，在边关那畔结束行程
完成一生。夜深千帐灯火
我那一盏，名叫独龙江

独龙江很近，在我的岁月里，在你的眼前
独龙江很远，在我的梦里，在你的未知中
不论我在哪里，独龙江在我心里
不论你在哪里，独龙江是一个梦

我说过
我会老，哨卡永远年轻

我也知道
我们这代戍边人会一起老去

不说了，说得太多了
雪山依然阻隔，虽然道路已贯通
江水依然流淌，虽然江水心怀初衷
雪山和江水都已认不出当年的戍边人

但我是独龙江的亲人
就像一座座雪山诉说着边关
我还是独龙江送走的过客
每一次回望祖国，独龙江都会想起我

跋：我的永远的独龙江

当了三十年兵，驻防过不少城乡山川。许多地方，驻便驻过，守便守过，云烟过往。而唯有滇西北边塞独龙江，像是攫取了我的魂魄，摄住了我的性命。这片边陲，这座边关，是我的他乡，也是故乡，是我仗剑天涯的营寨，也是霜雪解甲的归宿。

这组以《山河边关记》为总题的白话诗，写的是我戍守的独龙江，也是我眼中的辽阔边疆，更是我的家国兵心。

当年，我走进独龙江。

这些年，我从未走出独龙江。

这本集子，让我重回、永归独龙江。

这本集子里，有五十九首二十四行诗。这个思考和回忆的方式，是我走进独龙江就开始寻找无果，离开独龙江后依旧苦寻无迹的灵光乍现。寻获这个方式，于我，就如同长夜远行的灯火，浮沉之后的结庐。这是我的少年行，也是我的归乡路。写罢掷笔，我好像结束了一次生命，开始了下一个轮回。

与其说这是写诗，不如说是酿酒。三十年来一瓮酒。

这也几乎不是写作，而更像祭祀。祭罢自己的青春过往，余生，都是上苍馈赠了。

由此，一个戍边人，终于在心里放下了边关山河，也把自己安放在了山河边关。

也许，这就是告别，也是永远的重逢。

古往今来，我是多少戍边人中的一个。多少边关明月夜，都是万里未归人。

我感谢辽阔的祖国和边疆，我感恩生逢其时或者生不逢时的时代和命运——

一个生活在历史悠久而文明灿烂、苦难卓绝而辉煌涅槃的民族的人，应该有一番上马草檄、下马击胡的闯荡，因为这样的闯荡会赋予你使命和胸襟；

一个生活在幅员辽阔的国家的人，应该有一段饱受孤独、备尝艰辛的边疆生活，因为边疆生活会赋予你灵魂和气节；

一个生活在风云激荡的大时代的人，应该有一场精神独立、思想自由的人生远足和哲学远征，因为人的远足和心的远征会赋予你胆识和情怀。

在我出生的前一年，一九七一年，诺贝尔文学奖被授予了智利诗人巴勃罗·聂鲁达。两年后，这位伟大的诗人结束了起伏跌宕的传奇一生。悲欢爱憎，生死荣辱，家仇国恨，天堂炼狱，不幸？还是大幸？诗人俯仰天地，为后人留下一本自传体回忆录，名曰：《我坦言，我曾历尽沧桑》。

我敬畏并崇尚这个书名。我向往这九个字，我认为那是人生至境。

戎马三十载，弹指一挥间。当年戎衣郎，笑看鬓上霜。

醉里挑灯看剑，我写过两首戍边七绝：

其一：

少年戍边云岭深，
明月烽火剑气沉。
莫道十万关山远，
关山十万将士心。

其二：

秋风最识草木心，
一更一岁寄征尘。
繁华散尽夜如水，
犹是边关归梦人。

山河边关，给我的人生注入了艰辛冷峻的沧桑底色，让我体悟并坚信，一匹真正的骏马，必将一生山河苍茫。

因此，我更加感念我的独龙江。

今夕何夕？我的遥远的独龙江。

归去来兮！我的永远的独龙江。

2020年5月9日　北京

图书在版编目（CIP）数据

山河边关记／丁戎耕著．-- 天津：百花文艺出版社，2021.3
（中国好诗．第六季）
ISBN 978-7-5306-8025-4

Ⅰ．①山… Ⅱ．①丁… Ⅲ．①诗集—中国—当代
Ⅳ．①I227

中国版本图书馆 CIP 数据核字(2020)第 251070 号

山河边关记
SHANHE BIANGUAN JI
丁戎耕　著

出 版 人：薛印胜
特约策划：彭明榜
选题策划：刘　勇　**责任编辑：**胡晓童
装帧设计：孙　初　申　祺
出版发行：百花文艺出版社
地址：天津市和平区西康路 35 号　**邮编：**300051
电话传真：+86-22-23332651（发行部）
+86-22-23332656（总编室）
+86-22-23332478（邮购部）
网址：http://www.baihuawenyi.com
印刷：北京精彩世纪印刷科技有限公司
开本：889×1194 毫米　1/32
字数：87 千字
印张：5.25
版次：2021 年 3 月第 1 版
印次：2021 年 3 月第 1 次印刷
定价：55.00 元

如有印装质量问题，请与北京精彩世纪印刷科技有限公司联系调换
地址：北京市海淀区学院路 5 号 768 创意园 D 座 06 号
电话：(010)82423131　邮编：100082